中小学生
大阅读
DAYUEDU

克雷洛夫寓言

（名师视频讲解版）

［俄］克雷洛夫／著
何　源／编译

長江出版傳媒 | 湖北教育出版社

前言

Foreword

在中国人眼中，读书人一直享有很高的地位。阅读使人远离贫乏、平庸，使人博学、睿智，使历史和文明延续，使优秀品德代代传承。阅读是每个人生活中不可或缺的一部分。尤其是经典名著的阅读，对于广大青少年而言，尤为重要。因为经典名著是人类历史长河中的珍珠，历经岁月洗涤，以其卓越的思想性、艺术性，恒久绽放灿烂光华，必对青少年身心成长大有裨益。

为了倡导和推动经典名著阅读，我们组织研发了这套“中小学生大阅读（名师视频讲解版）”丛书。那么，这套丛书有何与众不同和过人之处呢？

其一，我们为青少年朋友量体裁衣，精挑细选，对从小学到高中全学段的经典名著阅读实现了全覆盖。这套丛书，包罗中国国学珍宝、中国传世经典、中国现当代名家名作、世界文学名著，等等，可谓古今中外，皆浓缩于尺牍；千山万水，尽了然于卷帙。

其二，这套丛书构架了全新的阅读体系，全程名师指导伴读，并搭配视频讲解，以学生喜闻乐见的形式解说名著经典，帮助学生提升阅读理解、写作技巧、表达交流等多方面的必备能力。

其三，这套丛书根据不同学段学生的心理特点、审美特点和阅读习惯，设置各具特色的板块和栏目，做到文字与插图兼美、知识与趣味并重。

青少年朋友们，我们无法丈量生命的长度，但可以拓展生命的宽度，而阅读一本让人受益的好书，无疑是一次生命的拓展……歌德曾说：读一本好书，就是与许多高尚的人谈话。因此，阅读经典，就是与智者同行，与先贤论道。手捧这套丛书，我们可穿梭时空，遨游天下，领略极致风景，沐浴智者思想的惠泽，期盼美好的未来，成就更好的自己。

金波

中小学生大阅读
DAYUEDU

1 名师带你读

为学生导读文章的内容，引起学生的阅读兴趣，让学生带着问题去阅读。

2 知识链接

延伸、拓展课外知识，帮助学生轻松阅读，灵活掌握。

3 名师批注

欣赏优美句段，体会深层情感，名师引领你亲近真、善、美。

第15章

承包商与鞋匠

名师带你读

富有的承包商夜夜失眠，他的邻居鞋匠却天天开心极了，从早到晚唱歌，搅得承包商无法睡觉。承包商想了一个什么办法令鞋匠不再歌唱？

知识链接

珍馐：珍奇名贵的食物。

名师批注

前面花了大量篇幅写他的生活的奢华，一个"但是"转移话题，引出了他的苦恼，有领起下文的作用。

一个富有的承包商住在华丽的宅子里，吃的是珍馐（xiū），喝的是美酒，每天大摆酒席，狂欢作乐，他的金银财宝数也数不清，糖果甜食、葡萄美酒，不管要什么，家里应有尽有，享用不尽。总而言之，他的家好似"人间天堂"！但是，承包商也有一件事苦恼，他夜里睡不着觉。

也许是害怕神灵的审判，也许是担心自己会破产，他从来没有酣畅地熟睡过一回。而且，就算偶尔能够在黎明打一会儿盹，却又有新的倒霉事要操心。他有一个爱唱歌的邻居——一个穷鞋匠同他窗对窗住着，鞋匠是个天性快乐、爱唱歌的家伙，从东方初晓直到吃午饭，从吃午饭直到夜晚，他都在不停地歌唱。他怎么也不让这个有钱人睡觉。

怎么办？怎么同邻居协商，叫他从此放弃歌唱？命令他不要唱？可没有这种权力。去恳求他？也找不到什么理由。承包商想了许久，最后，派人去请邻居。于是，这位

名师点拨

富有的承包商应有尽有却不能美美地睡上一觉，贫穷的鞋匠一无所有却可以开心地歌唱。但是鞋匠收下承包商赠予的钱财后也睡不着了，不是因为富有使人失眠，而是患得患失起来。鞋匠最终把钱袋还给了承包商，也不是因为贫穷使人快乐，而是他从此又无忧无虑了。寓言用鞋匠的取舍教育我们：快乐比财富更加珍贵！

好词佳句

☆ 怨天尤人　安贫乐道　绞尽脑汁

☆ 于是，我们的鞋匠抓起了钱袋，赶忙回家，不是奔跑，而是飞跃，他把这意外的礼物揣在怀里直冲回去。当天夜里，他把钱袋深埋在地下，同时埋进去的还有他的快乐！

趣味思考

鞋匠为什么把钱袋还给了承包商？

4 名师点拨

一线名师分析文章内容及写作手法，让学生快速掌握重点内容，提高阅读理解能力。

5 好词佳句

精妙好词细心挑选，佳句好段一一登场，逐个学习借鉴精华，快速提高写作功力。

6 趣味思考

根据内容提出探索性问题，“读”与“思”相结合，激发学生的思考力。

阅读早知道

克雷洛夫的寓言紧密结合现实生活，用各种性格鲜明的形象来表达其进步思想，深受当时人们的喜爱，也引领俄罗斯文学在现实主义的发展道路上前进了一大步。

作者介绍

《克雷洛夫寓言》的作者伊万·安德烈耶维奇·克雷洛夫是俄罗斯杰出的寓言作家，与希腊的伊索和法国的拉·封丹齐名。

1769 年，他出生在一个没落的贵族家庭，由于家贫，没有上过学，只是自己在家读书。他从小就勤奋好学，除了读书，还到集市上向别人学习意大利文、小提琴和绘画。1809 年，40 岁的克雷洛夫出版了他的第一本寓言集，这本寓言集收录了 23 则寓言，均以诗体写成，给他带来了巨大的声誉。

他的寓言善于运用俄罗斯民间的童话和谚语，而他书中的一些警句又反过来成为新的谚语在民间传诵，极大地丰富了俄罗斯的文学语言。普希金称他是当时“最富有人民性的诗人”。

作品介绍

《克雷洛夫寓言》精选了克雷洛夫的 40 篇寓言故事，这些故事题材广泛、趣味横生、浅显生动、寓意深刻。

有的故事对统治阶级的虚伪、狡诈、贪婪进行了讽刺，而对默默无闻、从事平凡劳动的人表达了赞美之情。

有的故事揭示了人生哲理。这些寓言，不仅在当时，就是到现在也仍有重大的教育意义。

也有的故事是纯粹进行道德训诫的。

总之，克雷洛夫用寓言这种短小精悍的文学形式表达了丰富的思想内容，具有鲜明的人民性和深刻的现实性。

写作背景

克雷洛夫生活于 18 世纪后期至 19 世纪前半叶。这一时期的俄国仍处在沙皇专制统治之下，社会发展缓慢，沙皇政府残酷压迫和剥削人民，阶级矛盾尖锐、斗争不断。

克雷洛夫亲历了沙皇对反农奴制起义民众的镇压及 1812 年拿破仑侵俄战争等重大事件。他没有袖手旁观，而是拿起笔将这些事件，以及生活在这种环境中的人记录下来。他为各阶层性格鲜明的人物套上与之相对应的动物外套，组成一篇篇经典的寓言故事中的形象。

阅读指导

1. 语言上，克雷洛夫善于运用警句和谚语。在阅读的过程中，尝试着把它们找出来。文体上，克雷洛夫吸收了戏剧的创作方法，在文中经常使用对话，在阅读的过程中通过对话体会动物或人物形象的个性特点。

2. 每一则小小的寓言故事都蕴含了比较深刻的道理，都能给人一定的启发。结合创作背景，理解寓言故事的内涵，并尝试根据不同的寓意对故事进行分类。

3. 读完这本书，一定有令你印象最深的篇章，把它找出来和同学相互交流心得体会。

目录

Contents

第 1 章

乌鸦和狐狸

名师 带你读

乌鸦嘴里的乳酪香味引来了狐狸，狐狸一个劲儿地赞美着乌鸦，它为什么要夸赞乌鸦的声音呢？

这天，树上的一只乌鸦得到一块乳酪。面对这美味的乳酪，乌鸦并不急于下口，它叼着乳酪，好像在沉思着什么。乳酪浓郁的香味飘满了整个森林。

名师批注

正是由于乌鸦没有吃掉乳酪，才引来了狐狸，为后面的情节发展做了铺垫。

正在这个时候，一只狐狸从树丛中跑了出来。乳酪的香味使得狐狸停下脚步，它不自觉地舔了舔自己的嘴巴。当狐狸发现这香味是从树上乌鸦的嘴里叼着的乳酪传来的时候，眼珠滴溜一转，一个主意就出来了。

名师批注

作者用“眼珠滴溜一转”来形容狐狸的狡猾模样，简直活灵活现。

于是，狐狸走到树下，用无比温和委婉的语气对乌鸦说：

“你是多么漂亮的鸟啊，简直是人见人爱！你看，你那光滑的脖颈，那美丽的羽毛，那灵巧的小嘴啊！只要你一开口，全世界都会为你而安静的，你那天使般的声音啊！唱吧，亲爱的！啊，我亲爱的小鸟，唱起来吧！你是如此漂亮动人，如果你的歌喉如你一样美妙动人，那么，你一定是我们森林中的王后了！”

乌鸦完全沉浸在了狐狸的赞美中，它高兴得忘乎所以了。乌鸦在狐狸的诱惑下，终于开口唱起来，一阵刺耳的声音突兀地划破了森林的宁静。

乳酪掉下去了！

狐狸张嘴接住了乳酪，随后，一阵风似的逃走了。

名师点拨

乌鸦的叫声并不好听，却被骗得飘飘然，开口唱歌以至于丢掉了乳酪，这是因为它爱慕虚荣又自以为是。狐狸为了吃到乳酪随意蒙骗，说明它狡猾又卑鄙。这个故事告诉我们，面对诱惑，一定要开动脑筋，清醒分析，不要给坏人可乘之机。

好词佳句

☆ 滴溜一转　美妙动人　忘乎所以

☆ 只要你一开口，全世界都会为你而安静的，你那天使般的声音啊！

☆ 一阵刺耳的声音突兀地划破了森林的宁静。

趣味思考

狐狸为什么要称赞乌鸦呢？

第 2 章

山　雀

名师带你读

山雀来到海边，扬言要烧干大海。人们都听信了它的话，跑来看热闹。他们聚精会神地看着，生怕错过了盛况，结果发现被骗了。那只吹牛的山雀在哪里呢？

一只山雀飞到了海边！它看着广阔无边的大海，心里突然产生了一个奇怪的想法。于是，它大声地叫嚷道：“大海啊，你等着瞧吧！我要把你烧干！”

名师批注

小小的山雀竟然夸下如此海口，让人们震惊不已！大家都当真了，这样写也就吸引我们往下看。

消息传遍四方，人们都因山雀的话而震惊。大批的居民来到海神的城堡准备观看这场盛况，鸟儿们也成群结队地飞往海边，森林里所有的动物都跑来了，想看看大海被烧干将是怎样壮烈的场面。

在那些听到这令人震惊的消息的人群中，有几个经常赴宴的人，手里拿着银汤匙，想在山雀烧干大海的时候，用来喝鱼汤。像这样的筵席，恐怕连最有钱的富翁也没有请他们吃过吧。

所有的人都站在海边，目不转睛地盯着海上的动静，生怕自己错过了任何一个小小的细节。这时，突然有人叫喊起来：“那儿！快看哪！大海沸腾起来了！大海就要被烧干了！”

“不对呀！那是在燃烧吗？没有啊！海水变烫了吗？也没有啊，它一点儿也没有变烫啊！”

这样随便地夸下海口，引来无数人的热议，结果又是怎样呢？我们的吹牛英雄在哪儿呢？恐怕它早已飞回自己的鸟巢，羞于见人了吧！

名师批注

这段对话运用了自问自答的方式，表现了人们对山雀说的话的怀疑。

名师点拨

山雀随口吹牛，那么荒谬，却吸引了那么多看热闹的人，深深讽刺了生活中一些人不加辨别，盲从谣言。我们不仅不能像山雀一样狂妄、造谣，也不能盲从，更不能信谣传谣。

好词佳句

☆ 成群结队　目不转睛　夸下海口

☆ 大批的居民来到海神的城堡准备观看这场盛况，鸟儿们也成群结队地飞往海边，森林里所有的动物都跑来了，想看看大海被烧干将是怎样壮烈的场面。

☆ 所有的人都站在海边，目不转睛地盯着海上的动静，生怕自己错过了任何一个小小的细节。

趣味思考

山雀最后去哪儿了？为什么？

第3章

猴子小姐和它的眼镜

名师带你读

猴子小姐的视力随着年龄增长而变差，于是听人建议买了几副眼镜，几经尝试还是不会用，反而责怪人们吹嘘眼镜的神通广大。那些眼镜后来怎样了？

猴子小姐今年明显衰老了。它觉得随着自己年纪渐长，视力也越来越差。看到它整日因为这件事而闷闷不乐，它的人类朋友就告诉它：“不必担心，你的视力变差，只需要配副眼镜就能解决了，这没什么大不了的！”听了人类朋友的建议，猴子小姐就进城买了几副眼镜回来。

名师批注

作者用“架”“套”“挂”“看”“闻”等动词进行描写，让我们看到一只不知道怎么使用人类眼镜的猴子。

拿到新买的眼镜，猴子小姐翻来覆去地看：它把眼镜一会儿架在头顶上，一会儿套在尾巴上，一会儿挂在手指头上，一会儿又拿在手里看看、闻闻。可是，这样摸索了老半天，它还是不知道这眼镜到底该怎样用。

“真是的！气死我了！”猴子小姐嚷道，“我可是上了人类的当了！这眼镜是个什么东西嘛！那些人竟然还把它吹嘘得神通广大，我看哪，其实一点儿用处都没有！我倒要看看无耻的人类究竟会怎么说。”

猴子小姐越说越气恼，最后，它干脆抓起那几副眼镜，一股脑儿扔了出去。那几副眼镜撞到墙上，顷刻间，镜片变成了一堆玻璃碴儿。

名师批注

“抓”“一股脑儿”“扔”等字词准确地表达了猴子小姐的气愤之情。

名师点拨

急躁的猴子小姐拥有眼镜却不知道怎么用时，不是去咨询眼镜的用法，而是责怪人类并毁坏眼镜，这样对吗？猴子小姐的故事教育我们，遇到困难，不要急躁，不要抱怨，而是应该虚心求教。

好词佳句

☆ 闷闷不乐　翻来覆去　神通广大

☆ 它把眼镜一会儿架在头顶上，一会儿套在尾巴上，一会儿挂在手指头上，一会儿又拿在手里看看、闻闻。

趣味思考

猴子小姐为什么摔眼镜？

第4章

狮子与人

名师带你读

猎人一不小心落到了狮子手里，他能运用智慧化险为夷，虎口逃生吗？

强壮有力是好事，头脑聪明这就是双倍好。谁要是不相信这一点，他在这里可以找到鲜明的范例，没有蕴含智慧的力量就是没有价值的宝贝。

猎人在树林里布好了网，然后在一旁恭候猎物上钩，但是不知为什么，一个疏忽，自己落到了狮子的脚爪下。

“真该死，卑鄙的畜生！”猎人叫道。

狂怒的狮子对他张开血盆大口怒吼：“让我瞧瞧，你的权力在哪里？力量在哪里？你们狂妄自大，自称是万物之王，甚至连我们狮子也不放在眼里。如今在我的脚爪底下，我们来分析分析，这种狂妄自大和你的实力是否相称。”

“不是力气，是智慧让我超越你。”猎人这样回答狮子，“尽管你力大无比，但说不定你不得不后退。”

“你的自吹自擂我已听腻。”

“我不是自夸，我真的能够做到。如果我撒谎，事后你可以把我一口吃掉。你看那树木中间好像结着网，那是我绑上去的。我们之中谁能够灵活地穿过它呢？如果你愿意，我先爬过去，咱们来瞧瞧，轮到你的时候，你怎样凭力气穿越过去，并追上我。你看，那张网并不是砖石砌的城墙，一阵微风吹来它就会摇晃，但是光凭力气，你未必能够跟着我笔直穿过它。”

狮子轻蔑地扫视了一下，然后目空一切地说：“你快跑吧，我马上可以追上你。”

这时，我们的猎人不再多费口舌，他从网子底下钻了过去。狮子也做好了准备，接着像强弩上射出的箭一般向网子直冲了过去。但是网没有被冲破，反而把狮子紧紧缠住，让它动弹不得。灵巧制服了蛮力。最后，倒霉的狮子还是被猎人抓住了。

名师批注

猎人用“一阵微风吹来它就会摇晃”来暗示网并不可怕，但其实这网对于狮子是致命的。

名师批注

“灵巧制服了蛮力”一句，很好地和第一段的最后一句做了呼应。

名师点拨

身体强壮是力量，头脑智慧也是力量。已经落入虎口的猎人、好像胜券在握的狮子，演绎的正是身体力量和智慧力量的决斗。而猎人能反败为胜恰恰也说明了运用智慧“四两拨千斤”的妙处，证明了拥有智慧的重要性。

好词佳句

☆ 狂妄自大　自吹自擂　目空一切

☆ 你看，那张网并不是砖石砌的城墙，一阵微风吹来它就会摇晃，但是光凭力气，你未必能够跟着我笔直穿过它。

☆ 狮子也做好了准备，接着像强弩上射出的箭一般向网子直冲了过去。但是网没有被冲破，反而把狮子紧紧缠住，让它动弹不得。

趣味思考

猎人是怎么战胜狮子的？

第5章

金　币

名师带你读

贫穷的农夫捡到一枚锈迹斑斑的金币，有人想买，但农夫认为打磨好金币肯定能卖更高的价格，于是他费劲地开始打磨。农夫最终如愿以偿了吗？

也许有人会问，教养有什么用处？教养的用处可大了。但有时候我们会把追求豪华，甚至沉溺于奢靡之风也称作教养。因此，你需要细细甄别。当你剥去他人粗俗的外壳时，你可要加倍小心，不要玷污他们的善良本性，不要损害他们的气质，不要伤及他们的心灵，不要让他们失去纯朴，不要把他们弄得只剩下漂亮的外表，更不要把他们原本的美好变成一堆糟粕（zāo pò）。

要真正说明这个道理，我觉得简直就可以出一本厚厚的书了。但并不是每个人都喜欢严肃的说教，还是让我给你讲一则小寓言来说明这个道理吧。

从前，有一个家境贫穷、头脑简单的农夫，他在自家地里捡到一枚金币。这枚金币可不是像你所想的那样干干净净的，散发着耀眼的光芒。相反，这枚金币看起来很脏，上面有很多锈斑。后来，村子里的人都知道了这个消息，

名师批注

开篇就用了设问句，引出金币的故事。

名师批注

这是一个中心句，表明本文的观点——内在的品质比漂亮的外表更重要。

有一个年轻的小伙子对他说："如果你肯把那枚金币给我，我愿意拿三大把铜钱和你交换。"

"等等，"那个农夫想，"这枚金币一定可以卖个更高的价钱。我应该想一个更好的法子，让他们争先恐后地来买！"

于是，他找来了一大堆材料，像沙子、铅粉、砖头之类的。接着，他把沙子、铅粉撒到砖头上面，开始打磨那枚金币。他干得十分起劲。

农夫想方设法地让自己手中的金币升值，好足足地赚上一大笔钱。可是最后呢，在他的辛勤打磨下，他的金币越来越薄，也越来越小了，不但没有升值，反而贬值了很多。

名师点拨

故事开头就提出问题和中心句，以此引出后文：农夫和金币的改变是同时进行的，农夫在追求金币升值的过程中，不仅把金币最宝贵的价值剥去了，也丧失了自己原本的美好和纯朴，作者以此告诫读者们不要因为追求外表而忽视了恰恰最有价值的内在美。

好词佳句

☆ 细细甄别　争先恐后　糟粕

☆ 当你剥去他人粗俗的外壳时，你可要加倍小心，不要玷污他们的善良本性，不要损害他们的气质，不要伤及他们的心灵，不要让他们失去纯朴，不要把他们弄得只剩下漂亮的外表，更不要把他们原本的美好变成一堆糟粕。

趣味思考

农夫的金币后来怎样了？

第6章

鹰和鸡

名师带你读

雄鹰落到鸡棚歇息，它在鸡棚之间飞动，被鸡棚里的一只鸡看在眼里，那只鸡很不服气，雄鹰和鸡展开了怎样的对话呢？

一个夏天的早晨，一只雄鹰展翅飞翔。它一开始飞得很高，直入云层深处。后来，它又从云层高处猛然向下飞行，落在了低矮的鸡棚上，想让自己那“鸟中之王”的翅膀好好歇一歇。

你或许会说，雄鹰应该找一个富丽堂皇的地方来休息啊，怎么能随随便便在一个破旧的鸡棚上面栖身呢？

让我来告诉你吧，王者自有自己的“兴之所至”：说不定它是有意要为那破旧的鸡棚增添光辉呢，也说不定它实在是找不到适合自己栖息的地方了呢。总之，我也猜不透雄鹰为什么要这样做。这个鸟中之王就这样栖息在鸡棚上面，一动不动。后来，它确实动了几下，也不过是从这个鸡棚飞到那个鸡棚上而已。这一切都被鸡棚里的一只鸡看得清清楚楚。

名师批注

此处是细节描写，从鸡的角度看到老鹰普通、平凡的一面。

于是，鸡对雄鹰说：“你有什么本领让别人都那么尊敬你啊？你看你飞行的那个样子！唉，没有什么了不起的嘛！我也可以做得到啊，我也能飞到树上去，也可以落在鸡棚上。将来，我可得学聪明点，不能再把你看得那么崇高了。你看看你的样子，一样的小短腿，一样的小眼睛，哪个地方和我们不一样呢！哈哈！”

鸡不厌其烦地说了一大堆话，雄鹰听得不耐烦了，于是说：“小鸡啊，你说得对，我有时候确实飞得很低。但是，你要看到另外一面：我可以飞得比鸡棚还低，你却永远不可能像我一样一飞冲天。”

名师批注

这是本则寓言的点题句。作者通过雄鹰的这句话告诉我们：任何人或事都有两面性。

名师点拨

都是在鸡棚之间飞，百鸟之王的鹰是因为正在休息，不想使劲才飞那么低，而鸡是只能飞那么低，这就是两者的区别。鸡只看到鹰普通的一面，却忽视了它翱翔九天的另一面。我们看待事物也是如此，必须要用全面的眼光，才能看清自己和他人的差距，帮助自己进步。

好词佳句

☆ 富丽堂皇　兴之所至　不厌其烦　一飞冲天

☆ 它一开始飞得很高，直入云层深处。

☆ 我可以飞得比鸡棚还低，你却永远不可能像我一样一飞冲天。

趣味思考

雄鹰真的和鸡一样普通吗?

第7章

狮子和豹子

名师带你读

狮子和豹子是一对冤家，有时他们大打出手，争吵不休，有时又相处和睦。后来，豹子提出讲和，它派猫作为代表，并建议狮子选择驴子作为代表。狮子最后听从了豹子的建议吗？

从前，狮子和豹子是一对冤家。它们总是因为一些事情而争吵不休。有时候，它们会为了一座山头、一个洞穴、一片森林而大动干戈。有时候，它们还会为了一头野兽、一片湖泊而大吵大闹。到底谁对谁错，它们可没工夫去研究。它们有自己的一套不成文的规定：谁最后赢了，谁就占有永恒的真理；如果输了，就只有任人摆布的份儿了。

名师批注

开门见山，交代故事的主角和事情的起因。

但是，当胜负难分的时候，这战斗也不能继续下去了，难道非得弄个头破血流不成？这个时候，它们就会自动休战，迎来短暂的和平时期。这段时期里，它们甚至可以成为好朋友。但是，这种友谊只停留在下一场战争开始前。

“我们不能再这样争执下去了，让我们双方各派一个代表来讲和吧，好不好？”豹子首先向狮子提出了自己的想法，“我方决定派猫作为代表，它是一个善良的小精灵，至于你呢，可以选择驴子作为代表，因为它的地位比较高……总之，你要相信我，我是你的朋友，我所说的任何一句话都是可靠的。由猫和驴子谈好了，我们双方再一致批准。”

狮子觉得豹子的提议很好，但是它并没有按照豹子所说的让驴子作为代表，而是选择了狐狸。

精通世故的狮子自言自语道：“敌人给的建议，可要仔细考虑考虑。”

名师批注

这是本文画龙点睛的句子，揭示的道理就是，不要相信敌人给你出的主意。

名师点拨

狮子和豹子是朋友吗？严格来说，它们是敌人，因为即使有时候相处如朋友也是因为不想自身的利益受损而做出的妥协。正是看清了这一点，狮子才没有让驴子成为谈判代表，它知道敌人的建议不可采纳。我们在生活中也要不断提高自己的判断力，小心一些不怀好意的主意。

好词佳句

☆ 大动干戈　任人摆布　自言自语

☆ 有时候，它们会为了一座山头、一个洞穴、一片森林而大动干戈。有时候，它们还会为了一头野兽、一片湖泊而大吵大闹。

趣味思考

狮子为什么不听豹子的建议，而选择狐狸作为谈判代表？

第8章

狗的友谊

名师带你读

两条狗吃饱喝足讨论起友谊。黄狗说应相亲相爱，黑狗完全赞同，于是这对新朋友亲热极了。这两条狗最终成为好朋友了吗？

名师批注

这句话直接点明了本则寓言的主题是谈“为友之道”。

院子里，一条黄狗和一条黑狗，懒懒地躺在厨房窗户下边晒太阳。虽说院子大门本该由它们把守，可现在它们吃得太饱，便开始夸夸其谈：谈起狗的职责，谈论善恶，最后谈到为友之道。

黄狗说：“朋友之间肝胆相照，还有什么比这更美好？互相关心，事事照应；同吃同睡，相依为命；为朋友不惜两肋插刀，决不让它受到丝毫的伤害。如果都能这样视朋友的幸福为最高使命，又何愁交不到好朋友呢？比如说，你我若也结下这样的友情，那我就在这里斗胆预言，我们一定会过得很快乐。”

“这真是绝妙的主意！”黑狗完全赞同黄狗的建议，“黄狗哥呀，我早就恨我自己，你我本是同院的狗兄弟，却每天打架、斗闲气，这又是何苦呢？托主人的福，我们没饿着，住得也舒适，所以想起这点就不免羞愧。据说狗自古还是忠于友谊的模范，但狗之间活像人之间，友谊真真罕见！”

“那就让我们来做个榜样！”

“来，握手！”

“啊，相见恨晚！”

于是，新朋友一会儿搂抱，一会儿亲吻，高兴得简直不知如何才好。

不料，这时厨师从窗口扔出根肉骨头。只见这对新朋友扑过去，唯恐落后，哪顾得上讲什么礼让？黑狗拼命咬住黄狗的脖子，但见狗毛飞扬，好一场恶斗，泼了水才拆开这俩冤家对头。

人世间充斥着这类所谓的友谊。如今所谓朋友也大致差不离，讲到交情他们遵循一个道理：听起来似乎真像要同心协力，可只要丢根骨头——你瞧那狗脾气！

名师批注

这里作者让我们看到了狗对美好友谊的向往之情，可是它们真能做到吗？

名师批注

由狗写到人，深化了故事的主题——在利益面前，所谓的友谊往往禁不起考验。

名师点拨

有句话说得好："说起来容易，做起来难。"黄狗和黑狗大谈为友之道，说起来头头是道，却经不起考验，一根骨头就粉碎了它们刚刚建立的所谓的友谊。而真正的友谊是在考验中成长，在时间中深厚，在利益前坚定的。

好词佳句

☆ 肝胆相照　相依为命　相见恨晚　同心协力

☆ 朋友之间肝胆相照，还有什么比这更美好？互相关心，事事照应；同吃同睡，相依为命；为朋友不惜两肋插刀，决不让它受到丝毫的伤害。

趣味思考

两条狗为什么刚成为朋友又大打出手？

第9章

狼落狗舍

名师带你读

深夜，狼在捉羊时不小心落入狗舍，被猎狗发现，不一会儿就被狗和人类包围了。狡猾的狼想和人类谈判，发誓不再伤害羊群，人类会被油嘴滑舌的狼所迷惑吗？

狼本来想趁着天黑打劫羊群的，却不小心误入狗舍。狗群发现后，立刻骚动不安起来。一旁的猎狗闻到狼的气味，就直接冲上前来迎战。

“伙计们，快来！有贼进来了！快点！”狗主人大喊。听到狗主人的叫喊声，村子里的人都赶来帮忙，并把大门锁上了，防止“贼”溜出去，还有人手里拿着硬木棍准备和“贼”大干一场。

名师批注

此处刻画了人们听到狼来后的反应，表现出了人们对狼的警惕和憎恨。

“点上火把，”有人嚷道，“快点上火把！”于是有人跑去拿了火把。

这时，狼就在一个黑暗的角落里躲着，高高地耸着它那黑色的脊背，好在是夜间，它并不容易被人发现。狼睁大了眼睛，浑身的毛都竖了起来，牙齿也露着，那情形好像一口就能把所有人吞下去似的。可是，现在它的对手不仅仅是人类，还有猎狗，这可不是闹着玩的，说不定一不

名师批注

这里是对狼的心理活动的描写，说明了狼的狡猾。

小心就丢了性命。狼心里明白，今天晚上的羊肉可不是那么容易就能吃到的。它想来想去，最后决定试着和人类讲和。于是，狼说道：

“我的朋友们，何必这样大动干戈呢？我可是你们的老朋友啊！我既然是你们的老朋友，你们就不能这样气势汹汹，拒人于千里之外吧？我们来订立一个盟约吧，我发誓不会动羊一根毫毛，而且我很愿意为羊群打抱不平……”

“呵呵，我们可不相信你的话，再说，也没那么便宜的事。”狗主人打断狼的话，“我都多大年纪了，要是相信你的话，哈哈，那不成天大的傻瓜了吗？”

说着，他放出了一大群猎狗。

名师点拨

花言巧语本就不可信，更何况来自居心不良的人呢？狡猾的狼被猎狗和人类逼上绝境才不得已想要讲和，幸好狗主人清醒警觉。我们应该向狗主人学习，要对那些虚情假意提高警惕。

好词佳句

☆ 气势汹汹　打抱不平　拒人于千里之外

☆ 狼睁大了眼睛，浑身的毛都竖了起来，牙齿也露着，那情形好像一口就能把所有人吞下去似的。

趣味思考

狗主人为什么拒绝了狼的讲和呢？

第10章

狐狸和土拨鼠

名师带你读

狐狸向土拨鼠诉苦，自己作为鸡的法官，明明任劳任怨却被诽谤贪污，并请它说句公道话。土拨鼠说了什么，令狐狸一声不吭？

名师批注

通过一句问话引出故事。

“老兄，看你行色匆匆的样子，是发生了什么事情吗？你这么着急要往哪儿去啊？”土拨鼠问狐狸。

“说来话长啊。”狐狸答道，“有人诽谤我，说我贪污，唉！我就这样被赶出来了！你也知道，当一名法官真不是一件容易的事，尤其是当一名鸡的法官。为了把我的本职工作做好，我没日没夜地工作，不仅牺牲了健康，还伤透了脑筋！可是呢，我的工作不仅没能得到认可，还被赶了出来！天哪，他们竟然说我贪污。我真是想不通，我会失去理智吗？难道我会去贪污？你来评判评判这件事，你是最公道的啦！你说说，我怎么可能贪污呢？”

名师批注

土拨鼠的回答出乎狐狸的预料。它说出了狐狸被人怀疑的真相。

“这我说不清楚，”土拨鼠说道，“但是，有好几次，我都亲眼看见你的嘴巴上粘满了鸡毛。你能给我解释一下这是怎么回事吗？”

狐狸的脸色立刻就变了。它埋下头去，一声也不吭了。

它的那些事情大家都心知肚明。它自己并不是个理财专家，它的太太也不是。但是，你看它家盖了一座又一座的新房子，买了一块又一块的地皮，这些钱财是从哪儿来的呢？你我都说不清楚，但是如果要你上法庭去指认它的罪行，我相信你一定会说：“我看到了你满嘴的鸡毛！”

名师点拨

狐狸作为鸡的法官，嘴边却常挂着鸡毛，而它还觉得很委屈。有言道："若要人不知，除非己莫为。"狐狸自以为没人发现它的犯罪行为，其实大家都心知肚明。这也警示人们：不要对自己做的坏事不会被人发现存侥幸心理。

好词佳句

☆ 行色匆匆　没日没夜　心知肚明

☆ 为了把我的本职工作做好，我没日没夜地工作，不仅牺牲了健康，还伤透了脑筋！

趣味思考

狐狸真的是被冤枉的吗？

第11章

撒谎的人

名师带你读

一位爱吹牛的贵族向他的朋友吹嘘自己在国外的所见，朋友这时也向这位贵族介绍了一座撒谎的人经过就会掉到河里去的桥。为什么贵族之后对自己说的话一再改口呢？

一位刚从国外回来的贵族和他的朋友在田野边散步，那位贵族一边走一边向他的朋友大肆吹嘘，说他曾经到过哪些地方，那里有多么美好，等等。

名师批注

文中的“大肆吹嘘”一词告诉我们，这位贵族喜欢吹牛、撒谎。

他说道：“那是我去过的最美好的地方了！天下再没有别的地方能够超过那儿！你看这儿，夏天太热，冬天又太冷；一会儿下着鹅毛大雪，一会儿又出大太阳，真受不了这样的鬼天气！而我去过的那个地方简直就是‘天堂’！那里没有冬天，也没有夏天，每天都如春天般温暖；那里还没有黑夜，住在那儿的人从来不需要点灯；那儿的人也不用播种，可作物年年丰收，真叫人惊讶！举个例子来说吧，我在那里见过一根黄瓜，太不可思议了，它竟然像一座山那样大！”

“那真是太神奇了！”他的朋友说，“这个世界上真是无奇不有啊！你看见那边小河上的那座桥了吗？一会儿我们就要经过它。看上去它和别的桥没有什么两样，但它可不是一般的桥。听说，撒谎的人都不敢走那座桥，因为，走不到一半就会摔跤，掉到河里去。而一个诚实的人，即使乘马车，也能安全地通过。”

“哦？这是真的吗？你知道这条河有多深吗？”那位贵族问。

“总之不浅。老兄，如果我没有听错，你刚刚是说，你看见的黄瓜就像一座山那样大？”

“像山那样大？你刚刚一定是听错了吧？它其实是像一座小山那样大，或者说，就像一间屋子那样大而已。”

“哦，难以置信！但最神奇的还是我们马上要过的桥。就在今年春天，有两个小报记者和一个裁缝都从那儿掉了下去。全城的人都知道这个奇闻。你确定你看到的黄瓜有一间屋子那样大吗？如果是真的，那确实叫人惊讶！”

“你别想错了！他们那里的屋子和这里的屋子可完全不一样。他们那里的屋子都很小，如果两个人待在里面，恐怕连站都站不直！”贵族忙解释道。

“就算是这样，那么大的黄瓜也是头一次听说呢。这么说来，也算是一个奇迹了！但是，前面的这座桥啊……”

“天哪！”那位贵族喊道，“我不明白我们为什么一定要从桥上过，我们为什么不找处浅滩蹚水过去呢？”

名师批注

这位贵族在为自己的谎言辩解，但这番辩解仍然不能令人信服。

名师点拨

贵族一开始吹嘘黄瓜有一座山那么大，后来又说像小山、像屋子一样大，贵族一再改口，是因为他将要经过一座会让撒谎的人落水的桥。这说明撒谎的人往往心虚不已。

好词佳句

☆ 大肆吹嘘　不可思议　无奇不有　难以置信

☆ 你看这儿，夏天太热，冬天又太冷；一会儿下着鹅毛大雪，一会儿又出大太阳，真受不了这样的鬼天气！

趣味思考

贵族为什么不敢过桥？

第12章

鹰和蜜蜂

名师带你读

蜜蜂辛勤工作时，一只老鹰飞了过来，疑惑为什么蜜蜂只是专注于工作，蜜蜂是怎么回答老鹰的？

有一只蜜蜂，正在忙碌地工作着。这时，一只老鹰飞过来，对它说：“小蜜蜂啊，以你这样的智慧和能力，做这样的工作岂不是太可惜了吗？而且，你们从不肯停下来休息！将来有谁能看到你们的工作呢？我真觉得奇怪，你们怎么会愿意一辈子这样辛苦呢？到头来又能怎样呢？还不是无声无息地死去？我和你们就不一样！当我在天上展翅翱翔的时候，一片恐惧笼罩着大地。别说是飞禽不敢抬头，就连地面上的牧羊人也紧紧地盯着他们的羊群，生怕有一丁点儿的损失呢！”

“你真伟大啊！”蜜蜂回答，“希望上天能继续赐予你伟大的力量！至于我嘛，生来就是要为大家服务的。我不求别的，只要看到自己为我们的大家庭出了一份力，我就感到很欣慰了。”

名师批注

这是理解这则寓言的关键之处。作者称颂的是像蜜蜂一样不求回报、默默奉献的劳动者。

名师点拨

鹰把翱翔天际、炫耀自己作为衡量生命价值的标准，而蜜蜂却把为集体奉献作为自己生命的最高目标。蜜蜂在辛勤的劳动中升华自己。这则寓言就是称颂像蜜蜂一样默默付出、不求回报的劳动人民。

好词佳句

☆ 无声无息　展翅翱翔

☆ 至于我嘛，生来就是要为大家服务的。我不求别的，只要看到自己为我们的大家庭出了一份力，我就感到很欣慰了。

趣味思考

蜜蜂真的像鹰说的那样碌碌无为吗？

第13章

狼和布谷鸟

名师带你读

因为要搬到森林去，狼向布谷鸟辞行，并憧憬森林里和谐清静的环境，布谷鸟询问狼带走了什么，并断定它在森林里肯定也不会得到安宁的生活。

狼向布谷鸟辞行，说：“别了，朋友！我本来费尽心思想在这里求得安宁，可碰来碰去老是这些狗和人，一个比一个凶狠；就算我是个天使，也难免和他们闹点纠纷。”

“老邻居，你这是要搬家了吗？但请问哪里有人如此温和，可以与你和睦相处？”

名师批注

这句话点明和狼做邻居太难。

“哦，我这就搬到大森林里去。兄弟，那才是块好地方！据说那里的人从不动刀枪，人们都温顺得如绵羊，河里流的全都是奶浆。总之，那里是世外桃源！大家互敬互爱，亲如兄弟。据说，那里甚至连狗也不叫唤，更别提咬人了。我一想到有这样清静的所在，做梦都笑出来了！请你多包涵，别老记着我的坏！眼看着我就要去重建家园了，想想就觉得称心又美满！再不需要像在这里一样，白天要留神，到了晚上也仍然没法睡安稳。”

“亲爱的邻居，祝你一路顺风！但请问你那獠（liáo）

牙和脾性是丢在这儿，还是把它们一起带走？”

“丢在这里？这怎么可能呢！”

“那请你记着，你肯定会被扒皮抽筋的。”

名师批注

“獠牙”“脾性”指的是狼的本性，狼既然不能够改掉这些本性，那它到哪里都不会受欢迎。

名师点拨

狼没有得到安静和谐的生活，就归咎于所处的环境和其他人。从布谷鸟的话中我们知道，其实让狼无法平静生活的恰恰是因为它自己的本性，如果狼不能改变自己，即使它搬到森林里，也不可能得到想要的和平生活。这则寓言告诉我们，遇到问题应先从自身找原因。

好词佳句

☆ 费尽心思　和睦相处　世外桃源　一路顺风

☆ 据说那里的人从不动刀枪，人们都温顺得如绵羊，河里流的全都是奶浆。总之，那里是世外桃源！大家互敬互爱，亲如兄弟。

趣味思考

狼要怎么做才能安静平和地生活？

第14章

驴子和夜莺

名师带你读

驴子遇到歌声动听的夜莺，便请夜莺高歌一曲。夜莺答应了驴子的请求，它的歌声令整个森林都沉浸其中。而驴子认为夜莺的歌声如何呢？

驴子对夜莺说：“很高兴见到你！大家都说你的歌声美妙动听，我不知道事实究竟是不是这样。你能不能为我唱一曲呢？好让我听听你的声音是不是真的如同别人形容的那样美好。”

夜莺答应了驴子的请求。于是，它按着曲调，声音时高时低、悠扬曲折，时而如行云朵朵，时而又如流水淙淙，欢乐的旋律洋溢在整个森林之中。

名师批注

作者在这里用了排比句，把歌声比喻成云朵、流水，给人以美的享受，衬托出夜莺歌声的美妙。

当夜莺在歌唱的时候，森林里突然变得安静了，就连牧羊人也在仔细地听着呢。

夜莺唱完之后，驴子点了点头，说：“还可以，不算是太糟糕。但是我觉得公鸡的叫声更好听。每当我听到公鸡叫的时候，心里总是觉得暖暖的。如果你能向公鸡学上个两三年，我相信你一定会有很大的进步。”

可怜的夜莺听到驴子的话后，立即飞走了。

名师点拨

夜莺的歌声婉转动听，驴子却认为鸡的叫声更好听。不是夜莺唱得不好听，而是驴子自身缺乏足够的审美能力。在生活中，也有像驴子这样自以为是评论他人的人，而我们也不必因为他们的话语怀疑自己，要对自己充满信心。

好词佳句

☆ 悠扬曲折　流水淙淙

☆ 它按着曲调，声音时高时低、悠扬曲折，时而如行云朵朵，时而又如流水淙淙，欢乐的旋律洋溢在整个森林之中。

趣味思考

夜莺最后为什么飞走了？

第 15 章

承包商与鞋匠

名师带你读

富有的承包商夜夜失眠，他的邻居鞋匠却天天开心极了，从早到晚唱歌，搅得承包商无法睡觉。承包商想了一个什么办法令鞋匠不再歌唱？

知识链接

珍馐：珍奇名贵的食物。

名师批注

前面花了大量篇幅写他的生活的奢华，一个“但是”转移话题，引出了他的苦恼，有领起下文的作用。

一个富有的承包商住在华丽的宅子里，吃的是珍馐（xiū），喝的是美酒，每天大摆酒席，狂欢作乐，他的金银财宝数也数不清，糖果甜食、葡萄美酒，不管要什么，家里应有尽有，享用不尽。总而言之，他的家好似“人间天堂”！但是，承包商也有一件事苦恼，他夜里睡不着觉。

也许是害怕神灵的审判，也许是担心自己会破产，他从来没有酣畅地熟睡过一回。而且，就算偶尔能够在黎明打一会儿盹，却又有新的倒霉事要操心。他有一个爱唱歌的邻居——一个穷鞋匠同他窗对窗住着，鞋匠是个天性快乐、爱唱歌的家伙，从东方初晓直到吃午饭，从吃午饭直到夜晚，他都在不停地歌唱。他怎么也不让这个有钱人睡觉。

怎么办？怎么同邻居协商，叫他从此放弃歌唱？命令他不要唱？可没有这种权力。去恳求他？也找不到什么理由。承包商想了许久，最后，派人去请邻居。于是，这位邻居应邀来到。

“尊贵的朋友，祝你身体健康！”

“多谢你亲切的问候，我十分感谢。”鞋匠回答。

“那么，朋友，告诉我你的买卖好不好。”

“买卖吗，老爷？的确还不坏。”

“怪不得你这样快活，这样喜欢歌唱。你一定生活得很幸福吧！”

“这有什么好奇怪的？何苦怨天尤人！我的身上总是压着许多工作，但我

家中有一个心地善良的妻子。谁不知道，有一个好伴侣，日子过得更惬意！”

“你有没有钱？”

“不，一文多余的钱都没有。但是因此也就没有多余的贪求。”

“这样说来，我的朋友，你是不愿成为富人啰？”

“我可没有这样说。尽管我要为眼前的生活感谢上帝，但是老爷，你自己也知道，人只要活着就会有祈求，大家都想多要一点儿。这个世界就是这样。我看，你的财富，你也会觉得太少，让我变成一个有钱人这也无妨。”

“你说得有道理，好邻居。我尽管富有，但是也不免烦恼。尽管人们说，贫穷不是罪恶，但是安贫乐道，总不如有财有势的好。这一袋卢布你拿去，我就喜欢你的诚实。我愿帮助你发财致富，但你要当心，千万不能糟蹋这些钱财，好好保存，真正需要时才能动用。五百卢布是一笔相当不错的数目。再见！”

于是，我们的鞋匠抓起了钱袋，赶忙回家，不是奔跑，而是飞跃，他把这意外的礼物揣在怀里直冲回去。当天夜里，他把钱袋深埋在地下，同时埋进去的还有他的快乐！他不仅不再歌唱，连睡梦也不知去向，什么都使他怀疑，什么都使他不安，只要晚上猫儿扒扒搔搔，他就以为盗贼正向他逼近，他全身发冷，竖起耳朵细听。总之，宁静的生活不再拥有。

名师批注

作者用一连串的动作表现了鞋匠得到这笔意外之财的惊喜。

鞋匠绞尽脑汁，苦苦思索，他的脑子到底开了窍。他拿起钱袋直奔向承包商，并且说：“谢谢你的慷慨，这是你的钱袋，请你把它收回去。拿到钱袋以前，我从来不会睡不好觉。你过你富有的生活吧，可是我，即使给我一百万，也不愿放弃我的歌、我的睡梦。”

名师批注

这句话点明了这则寓言的中心思想：有钱虽然好，但是有许多更重要的东西是钱买不到的！

名师点拨

富有的承包商应有尽有却不能美美地睡上一觉，贫穷的鞋匠一无所有却可以开心地歌唱。但是鞋匠收下承包商赠予的钱财后也睡不着了，不是因为富有使人失眠，而是患得患失起来。鞋匠最终把钱袋还给了承包商，也不是因为贫穷使人快乐，而是他从此又无忧无虑了。寓言用鞋匠的取舍教育我们：快乐比财富更加珍贵！

好词佳句

☆ 怨天尤人　安贫乐道　绞尽脑汁

☆ 于是，我们的鞋匠抓起了钱袋，赶忙回家，不是奔跑，而是飞跃，他把这意外的礼物揣在怀里直冲回去。当天夜里，他把钱袋深埋在地下，同时埋进去的还有他的快乐！

趣味思考

鞋匠为什么把钱袋还给了承包商？

第 16 章

袋　子

名师带你读

一个卡在门缝里的空袋子原先只是被人当作擦脚布，而在它被装满金币后，不仅被安放在保险箱里，甚至每一个来拜访的人都想摸摸它。为什么会发生这种变化呢？

走廊的地板上有一个空袋子，一半躺在走廊里，一半夹在走廊旁边的门缝里。每当有人经过空袋子的时候，他们总是会用它来擦擦自己脚上的靴子。突然有一天，地位如此低下的空袋子摇身一变，身价暴涨。因为主人用它装满了金币，并把它放进了保险柜。

名师批注　“突然”二字写出了袋子身价暴涨之快，并揭示了袋子升值的原因。

现在，它已经成了主人的宝贝。它的藏身之处，也就是那只保险柜，整日里都被锁得严严实实的，甚至连一只苍蝇都不可能飞进去。

主人经常向他人吹嘘自己有一大袋子的金币，所以几乎全城的人都知道了这件事。如果有人登门拜访，主人都会亲切地谈论起他的袋子。他还总是把那个袋子拿给他的朋友看。朋友们看的时候，都会惊喜地伸出手去摸摸它。

名师批注　作者用这段场景描写了人们对装满金币的袋子的热情。为袋子的内心变化做了很好的铺垫。

当袋子看到自己如此受人重视，就慢慢地骄傲自大起来。袋子开始对每一样东西都品头论足，总是说这个是蠢材，那个是笨蛋！虽然它总是一副趾高气扬的样子，但是大家还是喜欢和它讲话。世上总是会有这样的事，即使你一无是处，但只要你有足够的资本，人们还是很愿意和你交朋友的。

可袋子不会永远被他人羡慕的，因为当里面的金币一个不剩的时候，也就意味着它的好日子到头了。

知识链接

趾高气扬：形容骄傲自满、得意忘形的样子。

名师点拨

没装金币前，这个袋子任人踩踏；装满金币后，却人人亲近。袋子因此越来越自大，它不知道人们喜爱它不是因为它本身，而是因为它“肚子”里的资本。现实生活中，我们要避免做袋子这样的人，应提升自己的价值而不是依赖外在的资本，才能收获真正的尊重。

好词佳句

☆ 摇身一变　品头论足　趾高气扬　一无是处

☆ 突然有一天，地位如此低下的空袋子摇身一变，身价暴涨。因为主人用它装满了金币，并把它放进了保险柜。

趣味思考

袋子本身的价值提升了吗？

第 17 章

猫和厨子

名师带你读

厨子出门前留下猫来看守厨房，等他回来时却发现满地狼藉，一看，正是猫在偷吃，于是厨子愤怒地斥责猫。猫是什么反应呢？

一天晚上，厨子要去悼念亡友。因为怕厨房里的食物被老鼠偷吃，他留下了自己最信任的猫来看守。

可是他办完事回家后，被厨房里的情形吓了一跳。地上一片狼藉，瓶瓶罐罐倒了一地，到处都是吃剩的糕饼。那只猫呢，正躲在醋坛子那儿吃鸡呢。

“你这个馋家伙！”厨子怒喝道，“我让你看家，你竟然明目张胆偷吃？你还要不要脸皮？”

他的猫丝毫不理会他，继续吃鸡。

“实在想不到！你一向老实，我之前还把你当作猫的模范，甚至以你为傲！谁知道你现在成了这个样子！从现在起，我命令你不准再踏进厨房一步，你这个败类！”

猫仍然不理会他，继续吃鸡。

厨子仍旧不停地唠唠叨叨，骂个没完没了。可是，就在他滔滔不绝训话的时候，猫已经把鸡吃完了。

名师批注

作者用两句内容基本重复的话表现了猫的自私：只顾自己，不管别人，毫无责任心。

名师点拨

不管厨子如何指责企图激起猫的悔过之心，猫仍只顾着自己吃鸡。我们既不能像这只猫一样自私无赖，毫无责任心；也不能像厨子一样空话连篇，不知及时采取行动，眼睁睁看着猫把鸡吃完。

好词佳句

☆ 一片狼藉　明目张胆　滔滔不绝

☆ 地上一片狼藉，瓶瓶罐罐倒了一地，到处都是吃剩的糕饼。

☆ 厨子仍旧不停地唠唠叨叨，骂个没完没了。可是，就在他滔滔不绝训话的时候，猫已经把鸡吃完了。

趣味思考

猫为什么对厨子的指责无动于衷？

第 18 章

农夫与狐狸

名师带你读

一个农夫看不下去狐狸的恶行而指责狐狸，而狐狸却表示自己也很无奈，于是善良的农夫决定帮帮狐狸，雇它看护小鸡。狐狸后来改过了吗？

“狐狸啊，你怎么一门心思爱偷鸡？”一个农夫对狐狸说，“说实话，我真替你惋惜！这地方也没有其他人，咱们就打开天窗说亮话吧！在我看来，你干的这些勾当啊，实在缺德！你看看你，整夜整夜地都在做些什么啊！且不说偷窃是可耻的行为，人人都在诅咒你，你整天提心吊胆，生怕哪天就丢了性命！难道你真想死于偷鸡？”

“这样的日子谁能忍受？”狐狸答道，“我整天为这事发愁，吃东西也没有胃口。但愿你能够明白，我内心是善良的！可我总归要生存下去啊。再说，我还有一大堆子女要养活。而且，又不是只有我一个干这些事。其实，每当我抓小鸡的时候，心里都难过得像刀割一样。我也是不情愿的，但是又迫不得已啊！”

名师批注

狐狸好狡猾，为自己偷吃小鸡开脱责任，用谎言来骗取农夫的信任！

“哦，”农夫答道，“如果你说的是实话，我愿意帮你个忙。你可以来我的鸡舍做警卫。每天负责帮我看护小鸡。

一旦有别的动物来偷袭小鸡，你就马上通知我，这样你心里就不会再受煎熬，也能保护小鸡了，岂不是两全其美？”

狐狸听从了农夫的建议，当天就担负起了警卫的职责。

农夫把工作分派给狐狸之后，日子过得舒服极了。他甚至三五天都不去看看他的小鸡们如何了，对狐狸没有一点儿的不信任。狐狸呢，日子过得也很舒服，饮食丰美，越来越肥。不久，它又想品尝偷窃的食物，再也不愿为农夫效力，它挑了一个漆黑的夜晚，咬死了鸡舍里所有的鸡。

名师批注

这个故事说明：事情要交给负责任的、正直的人去做，不能盲目信任别人。

名师点拨

善良的农夫被狡猾的狐狸所蒙蔽，不知道“江山易改，本性难移”的道理，反而请狐狸看护小鸡，结果小鸡被狐狸吃光了。生活中也有像狐狸一样狡猾的人，我们需要提高警惕，不能盲目信任，防止坏人利用我们的善良欺骗我们。

好词佳句

☆ 一门心思　提心吊胆　迫不得已　两全其美

☆ 这地方也没有其他人，咱们就打开天窗说亮话吧！

☆ 其实，每当我抓小鸡的时候，心里都难过得像刀割一样。

趣味思考

农夫是怎么被狐狸欺骗的？

第19章

四重奏

名师带你读

猴子、山羊、驴子和熊想用技艺高超的四重奏征服世界，可它们的演奏总是一团糟，它们想了什么办法来改善它们的演奏效果呢？

猴子、山羊、驴子和熊准备来一场四重奏。它们找来乐谱，拿着两只小提琴、一只中提琴和一只大提琴，围坐在一棵椴树下，准备用绝妙的艺术征服世界。可是，它们弹奏的都是些什么啊，呜呜呀呀的，嘈杂的声音乱成一团。

“停一下吧，兄弟们！”猴子说道，“你看，我们连位置都没有坐对呢。来，拉大提琴的坐在拉中提琴的对面，两个拉小提琴的也面对面地坐下，这样一定可以了。”

它们调换了位置，又重新演奏起来，可是无论怎么演奏，效果仍然不好。

“停一停。”驴子说道，“我知道了。哈哈，我找到窍门了。我相信只要我们坐成一排，就一定可以弹奏出美妙动听的音乐了！”

于是，它们又按照驴子的建议坐成了一排，但是效果仍然不好。这时，大家七嘴八舌地吵闹起来，这个说应该

名师批注

这句话点明了主题：这场四重奏要征服世界。想法很好，可是真的能做到吗？

名师批注

换了位置就可以演奏出更动听的音乐吗？没有技艺在身，再怎么换也不可能达到目的。

这样坐，那个说应该那样坐，你喊我叫越吵越厉害。

吵闹的声音，招来了一只夜莺。大家就向它求教，以便把问题弄清：

“我们四个打算搞一个四重奏。你看，我们有乐器，还有乐谱，但是不管怎样我们都弹奏不出美妙动听的音乐，请你指点指点，座位该怎么排列？”

“要想把四重奏演奏得得心应手，你们必须先懂得演奏的技巧。”夜莺说，“光调整座位是没用的。而且，无论你们怎样做，你们终究不适合搞音乐。有时间，你们还是忙点别的吧！”

名师点拨

猴子、山羊、驴子和熊的四重奏乱成一团，它们没有想到各自演奏技巧的问题，而是归咎到座位上，于是不停变换座位。夜莺到来才一针见血地指出问题也是寓言主旨：没有充分的准备和足够的天分是不可能完成宏伟目标的。

好词佳句

☆ 七嘴八舌　得心应手

☆ 它们找来乐谱，拿着两只小提琴、一只中提琴和一只大提琴，围坐在一棵椴树下，准备用绝妙的艺术征服世界。

趣味思考

夜莺给他们提了什么建议？

第 20 章

风　筝

名师带你读

高高飞翔的风筝骄傲极了，认为渺小的蝴蝶不能像它一样高飞，一定十分羡慕。而蝴蝶是怎么看待风筝的呢？

风筝高高地在云端飞着。当它低头往下看的时候，发现了一只蝴蝶。

“你知道吗？”风筝叫唤道，“你是那么渺小，我险些就看不到你了！当你看到我飞得如此之高时，你一定十分羡慕我吧！”

“什么？羡慕？你真是没有一点儿自知之明啊。你有没有想过，你纵然飞得如此之高，却还是被绳拴着呢！像这样的生活，在我看来，绝对不是什么值得庆幸的啊！虽然我飞得不高，但是我有自由啊，我想飞到哪里就飞到哪里！我一辈子不会像你，为他人的娱乐翩翩起舞！”

名师批注

好生活是相对的，与其他相比，拥有自由才是真正值得羡慕的好生活。

名师点拨

风筝虽然飞得高，却受人掌控，供人消遣，失去了最宝贵的自由，而蝴蝶虽然飞得不高，却能享受自由自在的快乐。这则寓言告诉大家，自由就是最大的财富，以失去自由为代价的任何快乐都是虚妄的。

好词佳句

☆ 自知之明　翩翩起舞

☆ 你有没有想过，你纵然飞得如此之高，却还是被绳拴着呢！像这样的生活，在我看来，绝对不是什么值得庆幸的啊！

趣味思考

蝴蝶为什么不羡慕风筝？

第 21 章

天鹅、梭子鱼和虾

名师带你读

天鹅、梭子鱼和虾一起拉一辆车，它们仨都使着劲儿，车也不重，可为什么车还是纹丝不动呢？

一天，梭子鱼、虾和天鹅一起拉一辆小车。可是不管它们使出多大的力气，那个小车还是原地不动。这倒不是说那小车太重，而是它们几个的心不齐。你看，那梭子鱼正在使劲地把小车往水池里拉，而天鹅正努力地把小车往上拽，还有虾，它竟然一直在把小车往后扯呢！

名师批注

作者用具体的动作描写表现“心不齐”，即鱼拉、天鹅拽、虾往后扯。

究竟谁对谁错，我不做评价。但是我知道，现在小车仍然纹丝不动地立在那里呢！

名师点拨

天鹅、梭子鱼和虾一起拉车，它们虽然都在使劲，但是没有齐心协力就无法使车移动分毫。这则寓言就是告诫我们“人心齐，泰山移”的道理，只有团结一致才能有所作为。

好词佳句

☆ 纹丝不动

☆ 你看，那梭子鱼正在使劲地把小车往水池里拉，而天鹅正努力地把小车往上拽，还有虾，它竟然一直在把小车往后扯呢！

趣味思考

天鹅、梭子鱼和虾应该怎么做才能拉动车？

第 22 章

特利施卡的外套

名师带你读

特利施卡的外套的肘部破了，于是他用部分袖管补好了肘部，当人们嘲笑他的袖子时，他又把下摆部分剪下补到袖子处。特利施卡把衣服补好了吗？

知识链接

肘：上臂与前臂相接处向外凸起的部分。

名师批注

这里借剪掉一截袖管补外套的这种不切实际的方法来影射那些解决问题时只顾眼前，而不采取正确方法的人。

特利施卡发现自己外套的肘（zhǒu）部磨破了。“这很简单，只需要一根针、一根线，再花上一点儿时间就能把它缝补好！”特利施卡说道。于是，他开始动手干起来。只见他拿起一把剪刀把衣服上的袖管剪掉了四分之一，接着补在了外套的肘部。现在外套好好的，简直和新的一模一样，只是一只袖子的袖管短了四分之一而已，但是这又有什么要紧的呢？

当他把这件外套穿出去的时候，他发现几乎每个人都在嘲笑他。“我又不是傻瓜，”特利施卡说道，“他们竟然嘲笑我！我要回去重新修补一下这件衣服，我要让他们知道我的袖管有多长！等着瞧吧！”

回到家里，只见他把外套的下摆剪了下来，补到了袖子上。虽然这是一件很古怪的外套，但是他穿起这件衣服的时候，总是一副得意扬扬的样子。

名师点拨

特利施卡缝补衣服的故事很好地诠释了一句谚语："拆东墙补西墙。"这种做法看似解决了眼前的问题，其实反而加重了问题。我们遇到问题时千万不能同特利施卡一般，要寻找正确的方法去解决。

好词佳句

☆ 一模一样　得意扬扬

☆ 这很简单，只需要一根针、一根线，再花上一点儿时间就能把它缝补好！

趣味思考

为什么人们会嘲笑特利施卡的外套？

第23章

骑 士

名师带你读

骑士要去远方厮杀闯荡，他穿上铠甲，牵出骏马，临行前，他对自己的马说了什么？

古代有一个骑士，向往伟大的冒险，准备去厮杀闯荡，跟法师比武，与精灵为敌。

他穿上铠（kǎi）甲，牵来战马，然后开始训话：

“我忠实又高贵的骏马，让我们一起翻越山岭，穿过密林，去赢得荣光吧！当我把两三个王国征服，到那时，你就会得到你想要的。我要替你造一个马厩，会修得像宫殿一样漂亮，里面有甜美的牧草，让你好好吃个够。可怜的马儿，你现在甚至连燕麦也吃不到一两口。到那时，会有很多好东西等着你呢，你可以吃到数不清的草料，喝到好喝的蜂蜜酒。”

骑士备好马鞍，准备出发，可那匹骏马毫不犹豫地转头跑回马厩去了。

名师批注

骑士凭想象说的这番话一点儿也不切合实际，而只会让人对骑士的荒诞不经认识得更透彻。

名师点拨

骑士为骏马“肆意”规划着未来，想要激起马儿的斗志，但太不切合实际了，显得十分没有诚意。大家千万不能做画饼充饥的“骑士”，而是应该脚踏实地，向着明确的目标稳步前进。

好词佳句

☆ 毫不犹豫

☆ 我忠实又高贵的骏马，让我们一起翻越山岭，穿过密林，去赢得荣光吧！

趣味思考

马为什么跑回马厩了？

第24章

狮子和狐狸

名师带你读

狐狸从没见过狮子，它第一次见到狮子时害怕极了。后来狐狸又见到狮子两次，它还是那么害怕狮子吗？

狐狸从来没见过狮子，只是听别的动物说狮子是个十分残暴的家伙。

当狐狸第一次遇见狮子的时候，它吓得直哆嗦，心想：这下完蛋了，狮子肯定会把我吃掉的！

过了一段时间，狐狸又一次遇见了狮子。这一次，狐狸不再心惊胆战，它还抬起头看了看狮子呢。

到第三次遇见狮子的时候，狐狸一点儿也不觉得害怕了，它甚至和狮子攀谈了起来。

名师批注

描写狐狸前后三次见到狮子时的状态，表现出了狐狸由害怕到熟悉狮子的过程。

名师点拨

狐狸第一次见到狮子如此害怕，多半是心理作用在作祟，后来事实证明狮子并没有那么可怕，其实面对有些人我们觉得害怕，只是因为对他们缺乏观察。

好词佳句

☆ 心惊胆战

☆ 到第三次遇见狮子的时候，狐狸一点儿也不觉得害怕了，它甚至和狮子攀谈了起来。

趣味思考

狐狸为什么越来越不怕狮子了？

第 25 章

葛 藤

名师带你读

一株缠着枯木桩的葛藤，一直对木桩说着附近一棵小橡树的坏话，但不久后木桩被砍掉，而小橡树被悉心照料。葛藤又怎样了呢？

一株葛藤在园地里生长，忽然缠住了一根光秃秃的木桩。附近的田野里，还生长着一棵小小的橡树。

“哎哟，您看那边那棵橡树，呆头呆脑！”葛藤低声对木桩说道，“无论怎样，它都不能和您相比！在我眼里，您就是亭亭玉立的小姐，实在漂亮。您看那棵橡树，孤零零地站在田野上，像什么话！看它那肮脏的叶子，真是丑死了。我真不明白，为什么人们还要把它留在那儿？”

然而不久后，枯木桩子就被人砍去当柴火烧了。而那棵小小的橡树却被移植到了小树林里，还得到了无微不至的照料。慢慢地，小橡树在树林里扎下了根，枝叶繁茂起来。那株葛藤呢，现在正紧紧地缠在橡树身上，开始对橡树极力恭维，大肆颂扬。

名师批注

这句话写的是葛藤，实际上是讽刺那些像葛藤一样落井下石、阿谀奉承的人。

名师点拨

这则寓言通过写葛藤依赖木桩和橡树生长，为攀附变换嘴脸，来讽刺那些不劳而获、趋炎附势、阿谀奉承的小人。我们为人处世不仅不能像葛藤，在生活中还要远离这样的人。

好词佳句

☆ 呆头呆脑　亭亭玉立　无微不至

☆ 慢慢地，小橡树在树林里扎下了根，枝叶繁茂起来。那株葛藤呢，现在正紧紧地缠在橡树身上，开始对橡树极力恭维，大肆颂扬。

趣味思考

葛藤的心理变化是怎样的？

第26章

乌　云

名师带你读

乌云掠过干枯的田野，却把雨水全部倾倒在海里，还向山岭炫耀自己的慷慨。山岭是怎么回应乌云的呢？

名师批注

用具体的动作描写形象地反映了乌云荒唐的行为。

乌云翻滚着掠过快被晒焦的田野，没有降下一滴雨，却把大雨全都倾泻在波涛汹涌的海上。接着，它还大言不惭地对山岭吹嘘着自己的慷慨。

山岭对乌云说："你的这些慷慨能积下什么公德？反倒让我愤怒至极。你若把雨水降在田野，能拯救一方灾民免于饥渴。可是你竟把雨水倾泻在了海里，难道你不知道，海里全都是水吗？"

名师点拨

乌云不顾及急需水源、干旱的田地，而把雨水都送给了水已够多的大海，真是让人痛心！它竟然还自以为慷慨，殊不知真正的慷慨是雪中送炭，急人之所急，而不是锦上添花，更不是雪上加霜。

好词佳句

☆ 波涛汹涌　大言不惭

☆ 乌云翻滚着掠过快被晒焦的田野，没有降下一滴雨，却把大雨全都倾泻在波涛汹涌的海上。

趣味思考

乌云如果真的慷慨应该怎么做？

第 27 章

命运女神和乞丐

名师带你读

一个乞丐背着麻袋边走边吐槽富人们的不知足，并举出几个例子证明他的观点。而当命运女神来到他面前给予他金币时，他是怎么做的呢？

一个乞丐背着一个破旧的麻袋在路上走着。当他路过一座房子的时候，他抬头打量了一下。他一边抱怨自己命运不济，一边想着心事：

“你看这些有钱人啊，住着豪华的房子，金银成堆，美满幸福。可是，他们仍然不知道满足！

名师批注

这句话揭示了这篇寓言的寓意！

“说起来也怪，他们都那么富有了，还老是想要更多财富，到最后往往是一场空，总会落得个贫穷的下场！

“比方说吧，这所宅子的主人，本做着自己得心应手的买卖，赚了个盆满钵满。如果就此罢手，他一辈子会过得舒舒服服。可是他把产业托付给别人，自己投资了一大笔钱派商船出海，原指望得到一座金山，不料船沉海底，连同他的全部财宝都葬送大海。

“还有一个人，曾是百万富翁，可他还是嫌少，总想加倍翻番。他拼命捞钱，最后，吃了官司，弄到破产。

“总而言之，像这样的人真是数不胜数！都是些贪婪的家伙，落得这样的下场，真是活该！”

恰在此时，命运女神出现在乞丐的面前。命运女神说：“我早就有心帮你。你看，我有很多金币，快点打开你的麻袋吧，我要把它们送给你！但有一点你可得记住，万一这些金币从麻袋里掉出来，它们就会消失。你一定要当心，我可事先警告过你：我看你的麻袋破旧，盛不了太多金币！”

听到命运女神的话，乞丐高兴得喘不过气！他打开麻袋，闪闪发光的金币就像金色的雨一般落进了袋子。

“够了吗？”

"啊，不！还不够！"

"袋子快撑破了！"

"不要紧！"

"现在你已经像国王一样富有了！"

"求求你了，再多给我一点儿吧，你看还能装得下呢！"

"不能再装了！你的袋子要被撑破啦！你看不见吗？"

"稍微再给一点儿吧！"

可是瞧吧！袋子破了！金币掉到地上，顷刻化为尘埃！跟先前一样，乞丐依然还是从前那个乞丐。

名师批注

评说别人往往很容易，轮到自己面对诱惑时，就很难做到"知足"了。

名师点拨

贫穷的乞丐批评富豪们的不知足，并嘲笑他们因为贪婪一贫如洗，但当自己面对金币的诱惑时，他脑子里想的只有"不够"，最终他和他嘲笑的那些富豪们一样一无所有了。寓言讽刺了那些讲起大道理来头头是道，但当自己面对考验，行动起来却很困难的人。

好词佳句

☆ 盆满钵满　数不胜数

☆ 听到命运女神的话，乞丐高兴得喘不过气！他打开麻袋，闪闪发光的金币就像金色的雨一般落进了袋子。

趣味思考

乞丐为何仍旧是乞丐？

第 28 章

游泳者和大海

名师带你读

一个游泳的人被海浪卷到岸边，便生气地咒骂着大海，大海听到有人在骂他，于是化成人来到他的身边，大海是怎么回击游泳者的呢？

一个在大海里游泳的人被大浪卷上海岸。他爬起来对着大海咒骂道：“你这万恶之源！你居心不良，用狡诈的寂静把我们引诱到你的怀中，一旦我们上了钩，你就立刻把我们吞噬（shì）掉。你还装作好像什么事情都没有发生过一样！”

> **名师批注**
>
> “一旦……就……”这个句式形象地表达了大海危险的一面。

大海听到年轻人的叫骂，幻化成海上女神的模样来到了他的身旁。

“年轻人，我真是搞不懂你为什么如此责骂我。你们当然可以自由自在地在大海里游玩。可是，海风大作，把你们卷到岸边，那是风的罪过，与我何干呢？你要是不信，可以挑一个晴朗无风的好天气来试试，我相信大海一定比陆地还要平静一百倍呢！”

名师点拨

游泳者被海浪卷到岸边，便责怪大海的无情，大海则表示自己是无辜的，是风卷起的大浪。游泳的年轻人不分青红皂白就怪罪别人的做法实在不可取，我们在生活中是否也有类似的经历呢？

好词佳句

☆ 万恶之源　居心不良

☆ 你居心不良，用狡诈的寂静把我们引诱到你的怀中，一旦我们上了钩，你就立刻把我们吞噬掉。

趣味思考

你觉得游泳者该不该责怪大海呢？

第29章

狐狸和葡萄

名师带你读

饥饿的狐狸发现了一串串诱人的葡萄，但葡萄都长在高高的葡萄架上，狐狸可望而不可得。狐狸最后吃到葡萄了吗？

一天都没吃东西的狐狸越过一段墙头，发现院子里的葡萄架上结满了成串的大葡萄。狐狸看到那多汁的葡萄像宝石一样光彩闪耀，不禁眼睛冒火，牙齿发酸。可是，一串串葡萄悬得那样高，狐狸左蹦右跳就是够不着，馋得它呜呜直叫。

名师批注

此处传神地刻画出了狐狸发现葡萄时的惊喜和渴望。

狐狸围着那葡萄架子转来转去，整整一个小时白受煎熬。狐狸愤愤地说："算了，算了！那葡萄乍一看是不错，但是还没有完全熟呢！我敢打赌，它们吃起来一定很酸，我又何必自讨苦吃，酸倒我的牙齿呢！"

名师点拨

狐狸“吃不到葡萄说葡萄酸”。它编造出“葡萄太酸”的理由来安抚自己内心的不甘和无奈。我们可千万不能有这种“酸葡萄”心理，要懂得尊重现实，不要自欺欺人。

好词佳句

☆ 左蹦右跳　自讨苦吃

☆ 狐狸看到那多汁的葡萄像宝石一样光彩闪耀，不禁眼睛冒火，牙齿发酸。

趣味思考

狐狸为什么说葡萄是酸的？

第 30 章

勤劳的熊

名师带你读

熊见农夫制作车轭卖掉，赚了大钱，羡慕极了，于是它也到树林里奋力砍起树来，熊能做出车轭来吗？

熊见农夫制作车轭（è）再卖掉，赚了很多钱，于是想：“我也可以做这个来赚些钱啊。”

熊说干就干。它来到树林里，拿起斧头就是噼里啪啦一通乱砍，即使远在一里之外也能听到。白桦树、榛树、榆树，被熊砍断了多少难以统计。虽然它摧残了树木无数，车轭却还是做不出来！

熊只好去请教农夫。

“你瞧，我的朋友，”熊说道，“这究竟是什么缘故？弄断树木我毫不费劲，车轭我却弯不成一根。请你告诉我，做这样的活儿，是有什么窍门的吗？”

农夫回答：“你要问我窍门是什么，我告诉你吧，那就是耐心，可你根本就没有！”

知识链接

车轭：牛、马等拉东西时架在脖子上的器具。

名师批注

此处刻画了熊在树林里蛮干的场景，借此表明蛮干的不可取。

名师点拨

熊一看到农夫赚钱就眼热不已，火急火燎开始砍树，殊不知制作车辋只能耐着性子慢慢弯。欲速则不达，丢失掉耐心就是放弃过程和付出，拥有耐心就是保持专注和坚持，大家要记住“耐心是一切聪明才智的基础”！

好词佳句

☆ 它来到树林里，拿起斧头就是噼里啪啦一通乱砍，即使远在一里之外也能听到。

☆ 弄断树木我毫不费劲，车辋我却弯不成一根。

趣味思考

农夫制作车辋的窍门是什么呢？

第 31 章

磨坊主

名师带你读

磨坊堤坝破了一个小洞，磨坊主却毫不在意，以至于漏洞越来越大，到后来磨坊停工才急着要修补。这时一只鸡正在坝上喝水，磨坊主为什么对它破口大骂？

磨坊堤坝被流水冲出了一个小洞，如果能及时修补，也不会有什么大毛病。可是磨坊主竟无动于衷！后来水流越来越猛，像从桶里朝外涌。

名师批注

作者用了一个比喻句“像从桶里朝外涌”，形象地表现了水流出来之多。

“我说磨坊主，你就不要懒懒地站在那里了，快点想办法修补吧。”

“不要紧！”磨坊主说道，“没什么大不了的。我需要的又不是汪洋大海，只要有水流动就行了。我又不指望我的磨坊发财。”

他不理漏洞，任水流失。坝上的水越泄越急，最后，磨坊的水轮不转了，磨盘也停了。磨坊主这才慌了手脚，开始想办法保水堵洞。

他在堤坝上查看大洞的时候，看见一只鸡正在喝水。

“你这个坏蛋，”他嚷嚷道，“你这个家伙竟然来偷水喝，你没看见吗，我已经缺水了，你再喝，我就更没有水了！”

说着，他拿起一根棍子朝鸡扔过去。这就是他纠正错误的办法。结果，他的鸡死了，水也干了。他最终落得个两手空空。

名师点拨

磨坊主放任堤坝漏水不管，等到没水了才着急。一只鸡喝的水远不如漏出来的量，但农场主把错误归咎于鸡。这则寓言告诉我们：无度的挥霍和不知所谓的斤斤计较会让人倾家荡产，一无所获。

好词佳句

☆ 无动于衷　两手空空

☆ 后来水流越来越猛，像从桶里朝外涌。

☆ 他不理漏洞，任水流失。坝上的水越泄越急，最后，磨坊的水轮不转了，磨盘也停了。

趣味思考

磨坊主是怎么纠正错误的呢？

第32章

农夫和蛇

名师带你读

一条精明的蛇想方设法和农夫成了好朋友，可此后农夫的亲戚朋友都不敢来串门了。农夫疑惑极了，这是为什么呢？

有一个农夫，跟蛇交上了朋友。蛇是一种极为精明的动物，它总是想方设法地和农夫套近乎。看到农夫竟然和蛇成了好朋友，农夫的老朋友和亲戚再也不来他家串门了。

“这到底是怎么回事？”农夫抱怨道，“我恳求你们告诉我，为什么你们一个个都要远离我？是嫌我妻子做的饭菜不好吃呢，还是嫌我的酒席不丰盛？”

“不，”他的朋友答道，“问题不在这里！我们很愿意到你家去。你和你的妻子热情好客，我们都很喜欢你们。可如今坐在你家里，我们总是担心那条蛇会冷不丁地咬我们一口，你说说我们哪还有什么心情呢！”

名师批注

开头留下悬念，引起读者的猜测，增强了读者阅读的兴趣。

名师点拨

农夫和蛇成了朋友后，吓得亲戚朋友都不敢来拜访了，农夫很疑惑，因为他只看到蛇可爱温顺的一面，却没有想到蛇还有凶猛的一面。所以说我们看待人和事物都要全面，特别是交朋友一定要谨慎。

好词佳句

☆ 想方设法　热情好客

☆ 可如今坐在你家里，我们总是担心那条蛇会冷不丁地咬我们一口，你说说我们哪还有什么心情呢！

趣味思考

农夫的朋友、亲戚为什么不去农夫家做客了？

第33章

铁锅和瓦罐

名师带你读

铁锅和瓦罐是形影不离的好朋友，有一天铁锅想去旅行，瓦罐欣然同行，于是他们一起坐上了一辆车。道路坎坷，铁锅乐在其中，可瓦罐呢？

瓦罐和铁锅是很好的朋友。铁锅的出身比瓦罐高贵，可既然是友谊，又何必在乎这一点！铁锅愿作瓦罐的靠山；瓦罐也把铁锅当成兄弟。它们俩从此形影不离，无论做什么都要在一起，单独上灶也觉得寂寞。无论在灶上还是离开炉火，它们都并肩携手，步调相同。

有一天，铁锅想去周游世界，邀请瓦罐和它同行。瓦罐欣然接受。于是它俩坐上一辆车，开启了旅程。经过高低不平的石子路，它们在车里相互磕碰个不停。道路的坎坷对于铁锅，挺有趣味；对于瓦罐，却有被撞破的危险。路上的每一次颠簸，都叫瓦罐心惊胆战，不过那没有关系，它挪一挪位置便是。能跟铁锅这样亲密，瓦罐得意扬扬，百倍高兴。

它们旅行去了什么地方，我不知道，但我很确信它们归来的情形：铁锅回来时身体健康，神采奕奕；瓦罐回家

名师批注

作者用比较的写法，将铁锅和瓦罐回来时的形态对比展现了出来，让读者能够更好地理解文章的寓意。

时恐怕已变成碎片，已经称不上瓦罐了吧。

名师点拨

铁锅和瓦罐虽然是好朋友但终究不同，瓦罐为了友情陪铁锅去旅行而没有考虑自身的情况，最终使自己“四分五裂”。这则寓言就是告诉大家，不能盲目地追求感情和他人，也要考虑自身的状况；只有和对方处在平等的位置，才能收获长久的幸福。

好词佳句

☆ 形影不离　并肩携手

☆ 它们俩从此形影不离，无论做什么都要在一起，单独上灶也觉得寂寞。无论在灶上还是离开炉火，它们都并肩携手，步调相同。

趣味思考

去旅行的瓦罐最后会怎样呢？

第34章

杜鹃和鹰

名师带你读

杜鹃的新工作是扮演夜莺，于是它高歌起来，希望所有的鸟儿来听它唱歌，可鸟儿们不仅不爱听还骂它，杜鹃委屈极了。这是为什么呢？

杜鹃得到一份新工作：由它来扮演夜莺。杜鹃抖擞精神，安坐在一棵树上，开始卖弄自己唱歌的本领。它希望森林里所有的鸟儿都能来听它唱歌。确实，来听它唱歌的鸟儿有很多，但是听着听着，鸟儿们纷纷离开，有的讥笑讽刺，有的连声咒骂。杜鹃很伤心，哭着来向老鹰告状：“老鹰大王，请原谅我向您提出正当的控诉。您叫我扮演夜莺，我照着您的吩咐办了，可鸟儿们无礼，竟挖苦嘲笑我！”

“杜鹃，你要知道，我虽是百鸟之王，但我并不是造物主啊。”老鹰答道，“所以，我恐怕没有办法帮助你。我可以命令所有的鸟儿叫你夜莺，但无法把你变成一只真正的夜莺啊。”

名师批注

这句话是说，假的终归是假的，只有自己有真本领，才能赢得别人的认可和尊重。

名师点拨

杜鹃的工作是假扮夜莺，它虽然有夜莺之名，却没有夜莺的歌喉，所以当它卖弄时遭到嘲笑和咒骂也不足为奇。杜鹃用它自己的教训告诉我们，做任何事都应量力而行，如果一味地模仿，只会适得其反。

好词佳句

☆ 杜鹃抖擞精神，安坐在一棵树上，开始卖弄自己唱歌的本领。

☆ 确实，来听它唱歌的鸟儿有很多，但是听着听着，鸟儿们纷纷离开，有的讥笑讽刺，有的连声咒骂。

趣味思考

老鹰是怎么回答杜鹃的控诉的？

第35章

军　刀

名师带你读

一把军刀被当作废铁低价卖给了一个农夫，农夫用军刀干粗活，把军刀弄得残缺破损、锈迹斑斑，后来军刀还成了孩子们的玩具。对此，军刀自己是怎么想的呢？

曾经锋利无比的军刀，被丢在一堆废铁当中。它和废铁一起被运到集市，一个农夫以低廉的价格买下了它。

农夫一眼看出了军刀的用途，盘算得具体又实际。他给军刀装上了一个柄，用它把桦树皮剥离下来做绑腿，用它劈柴生火，修剪树枝，拾掇篱笆，或是削木桩。不到一年，这军刀就变得残缺破损，遍布铁锈。最后成了孩子们骑马游戏的玩具。

名师批注

这里作者用具体的动作描写展示了军刀如今的功用。这样写表明现在军刀已经起不到原来的作用了。

茅屋里长凳下有只刺猬，常常跟军刀待在一起。一天晚上，刺猬对军刀说道：

“唉，军刀本应被大加赞誉，如今却用来削木桩、劈木柴，弄到最后，还成了两三个小孩的玩具，这可真是奇耻大辱！”

名师批注

这句话的意思是，利器只有掌握在会使用的人手里才会发挥它应有的价值。

“如果被掌握在好士兵手里，我就能制服敌人。可是在这儿，我就无用武之地了。”军刀答道，“那农夫尽要我做些粗活，我也是无可奈何。觉得耻辱的不该是我，而应是那不明白我最适合做什么的人！”

名师点拨

锋利的军刀在士兵手里是破敌利器，而不加磨砺在农夫手里就只能做做粗活，甚至沦为孩子的玩具。可见，再好的东西也需要懂它的人把其价值充分发挥出来。

好词佳句

☆ 奇耻大辱　无可奈何

☆ 如果被掌握在好士兵手里，我就能制服敌人。可是在这儿，我就无用武之地了。

☆ 觉得耻辱的不该是我，而应是那不明白我最适合做什么的人！

趣味思考

军刀真正的价值应体现在哪里？

第 36 章

狗和马

名师带你读

一家农户的狗和马发生争执，狗认为自己劳苦功高，不仅要照看羊群还要看家护院，而马只会拉车耕地，马是怎么回击狗的呢？

同在一户农家当差，一天，狗和马发生了争执。

“听着，”狗儿说，“大个子马太太！依我之见你最好赶紧滚开。拉车耕地有什么了不起！谁还曾听说你有别的能耐？你怎么配跟我比？无论昼夜我都不得懈怠（xiè dài），白天羊群在外靠我照管，夜晚我又忙着看家护院。”

“是的，”马儿回答，“你说的句句都是实话。不过记着，要不是我耕作带来收成，这里根本就没有可以看守的东西。”

名师批注

这两句话充分说明了人只有分工不同，没有高低贵贱之分。

名师点拨

狗和马比起谁对这个家贡献更大，狗认为自己的工作更重要，但马也不甘示弱。其实它们对农户来说都缺一不可，没必要分出个高低。这个故事充分说明：工作没有高低贵贱之分，只有具体分工不同，只要认真工作都是可贵可敬的劳动者。

好词佳句

☆ 无论昼夜我都不得懈怠，白天羊群在外靠我照管，夜晚我又忙着看家护院。

☆ 要不是我耕作带来收成，这里根本就没有可以看守的东西。

趣味思考

狗和马争执出结果了吗？

第37章

狐狸

名师带你读

狐狸有一条引以为豪的柔顺浓密的尾巴，这天它喝水时尾巴一不小心冻在了冰上，如果用力提起来，尾巴就不再美丽了，所以狐狸决定等冰面融化。它的尾巴最后怎样了？

一个天寒地冻的早晨，狐狸来到村子附近的冰窟窿旁喝水，一时疏忽尾巴尖儿浸了点儿水，水很快结成了冰，结果狐狸的尾巴就冻在冰上了。

这本来不是什么大事，对狐狸来说，只要用力一拉，就能把尾巴拉起来，最多不过是掉落十几根毫毛而已。人们这时都还在睡觉，它只要悄悄溜回去，就不会被发现。

然而，狐狸不愿意弄坏它的尾巴，因为它太在乎它的尾巴了，那可是一条柔软、浓密、红澄澄的尾巴呢！

名师批注

突出描写狐狸尾巴的漂亮，意在告诉我们狐狸不愿意弄坏尾巴的原因。

“还是等一会儿吧！”狐狸心想。“这时候，又没有人看见，谁会知道呢？也许过一会儿这冰就会融化，我就能提起尾巴了。”

狐狸等了又等，可是尾巴越冻越牢。太阳升起来了，村里已经有人开始走动。可怜的狐狸急得团团转，想要离开冰面却难上难，那尾巴怎么拉也拉不起来了。

名师批注

“利索”二字表明狼处理这类事情很有主见，知道孰轻孰重。

这时走过一只狼。

“你来得正巧！”狐狸喊道，“亲爱的朋友！老朋友！救救我！”

狼走了过来，什么也没说，利索地咬断了狐狸的尾巴。

虽然断送掉尾巴，但可怜的狐狸获救了，它满心欢喜，快步跑回家去了。

名师点拨

一开始，狐狸只是尾巴尖儿被冻住，可因为它舍不得破坏尾巴的美丽，结果失去了整条尾巴。殊不知，假如它不吝惜那一撮毫毛，它的尾巴本可以保全。有句俗语“当断不断，反受其乱”，意为遇事犹豫不决，反而会被祸害连累，本则寓言就是这个意思。

好词佳句

☆ 天寒地冻　满心欢喜

☆ 然而，狐狸不愿意弄坏它的尾巴，因为它太在乎它的尾巴了，那可是一条柔软、浓密、红澄澄的尾巴呢！

☆ 可怜的狐狸急得团团转，想要离开冰面却难上难，那尾巴怎么拉也拉不起来了。

趣味思考

狐狸最后为什么舍弃了尾巴？

第38章

布谷鸟和公鸡

名师带你读

布谷鸟和公鸡天花乱坠地相互吹捧起来，两只鸟都夸得对方飘飘然，当它们还沉浸在兴奋中时，一只麻雀路过，麻雀是怎么评价它们的歌声的？

“可爱的公鸡，你的歌声多么威严洪亮！”

“布谷鸟儿，我的好姑娘，你唱起歌来才是舒缓悠扬！全森林就数你唱功最强！”

“好大哥，你的歌我百听不厌！”

“啊，美人哪，我敢发誓，你一住口，我就会挂肚牵肠。你哪来这么副美妙的歌喉？既纯净，又柔和！看来你们生来如此：个儿不大，歌声却不在夜莺之下！”

“大哥，你过奖了！平心而论，你的歌唱远胜极乐鸟。对此，论证的理由我有千万条。”

正好有只麻雀在一旁，它说道：

“尽管你们如此互相捧场，但是朋友，还是没人要听你们歌唱！”

名师批注

作者安排麻雀来揭穿真相。这样表明观点比直接发表意见更具有说服力。

为什么布谷鸟一味地把公鸡吹捧？只因公鸡夸她歌坛称雄。

名师点拨

布谷鸟和公鸡的相互吹捧并不是谦虚、谦让，而是想通过对对方的称赞来满足自己的虚荣心。正直的麻雀一下子戳穿了真相。生活中，我们也应该对自己有清醒的认识，不要像布谷鸟和公鸡那样，迷失在他人的吹捧中。

好词佳句

☆ 百听不厌　挂肚牵肠　平心而论

☆ 布谷鸟儿，我的好姑娘，你唱起歌来才是舒缓悠扬！全森林就数你唱功最强！

☆ 平心而论，你的歌唱远胜极乐鸟。对此，论证的理由我有千万条。

趣味思考

布谷鸟和公鸡的歌声真有那么好听吗？

第 39 章

孔雀与夜莺

名师 带你读

一个人听到夜莺动听的歌声后便想养一只，他在集市中仔细挑选出一只美丽的孔雀，即使卖家指给他看了真正的夜莺，他还是固执地买走了孔雀。这是为什么呢？

有个人喜爱音乐，一次他听到枝头一只夜莺的歌声，就想养只这样的鸟。于是他跑到市镇上，说：“虽然我不知道那是什么鸟，也没有见过，但我欣赏它的歌声，我渴望拥有它，在这里的鸟市里，可供挑选的鸟一定很多。”

这位老爷就怀着这样的想法，带着鼓鼓囊囊的钱袋和一个空空的脑袋，来到鸟市。他看到了孔雀，也看到了夜莺。他对商人说：“我不会弄错，这就是我希望得到的美丽的歌手。它这样漂亮，不可能唱得难听。请问，这只鸟卖多少钱？”

商人回答他："老爷，这只鸟唱歌不好听，如果您需要一只会唱歌的鸟，就买那只夜莺吧。"

商人的话让老爷非常吃惊，他害怕上当受骗，毕竟夜莺不怎么好看，他心想：这只鸟的羽毛这样暗淡，身体这样瘦小，不可能唱出什么名堂。"

最终他买了孔雀，并且非常满意这笔买卖。他一心想欣赏孔雀的歌声，急急忙忙回了家，把孔雀安顿在装有栅栏的地方。可爱的孔雀为了报答它的主人，接连十来次用像猫叫的声音歌唱。它用"喵呜喵呜"的声音让那个笨老爷知晓，凭外表判断是否会唱歌是多么愚蠢。

我们往往也像这位老爷一样，判断、评价别人时带有偏见——谁的衣着不华丽，谁没有戴戒指、手表，谁的箱子里没有塞满黄金……我们就说他是"傻瓜"。

名师批注

这里主要描写了这位老爷的心理活动，他认为长得好看的鸟才会唱出好听的歌。

名师点拨

美丽的孔雀没有动听的歌喉，瘦小的夜莺却能唱出动人的歌，而钱袋鼓鼓、脑袋空空的老爷偏偏以外表去判断它们的歌喉，岂不是十足的傻瓜！以貌取人是肤浅而愚蠢的，作者借此就是想告诫大家，千万不要做这种带着外在偏见评价他人内在才学的人！

好词佳句

☆ 鼓鼓囊囊　急急忙忙

☆ 这位老爷就怀着这样的想法，带着鼓鼓囊囊的钱袋和一个空空的脑袋，来到鸟市。

趣味思考

这位老爷为什么错把孔雀认成夜莺？

第 40 章

狼和小羊

名师带你读

一只狼盯上了一只正在饮水的小羊，为了冠冕堂皇地吃掉小羊，这只狼编造了什么理由呢？

一只小羊在大热天走到小河边喝水，谁知飞来横祸，它正好碰到一只饿狼在那儿徘徊。饿狼暗中瞧着小羊，把它当作逐猎的对象，可是为了要做得冠冕堂皇，狼厉声喝道：

“你好大的胆子，竟用你的脏鼻子把我要喝的清水搅得浑浊不堪！就冲你这么放肆无礼，我就该马上宰了你！”

“要是狼大王准许，我斗胆报告，我是在下游喝水，离大王您足有一百步远，无论如何弄不脏您的饮水。我可不敢冒犯大王的声威。”

“这样说来，倒是我错了？你这混蛋，实在猖狂！记得吗？前年夏天，你在这儿对我大肆诽谤。伙计，这桩事我可一直没忘！”

“我还不满一岁呢！”不幸的小羊答道。

“那骂我的一定是你的哥哥。”

“我没有哥哥，大王。”

名师批注

小羊的这段话十分严谨，很好地驳斥了狼所挑的毛病。

名师批注

这句话揭示了狼就是想要吃掉羊，理由并不重要。

“那就准是你的爹娘！一句话，你们所有羊类，还有你们的猎狗和牧人，一个个巴不得我倒霉遭殃，总在找机会不把我揍死也要打伤，这种种罪责，我得跟你算账！”

“哎呀呀，我有什么罪？”

“住嘴！你说也白费。我可没有闲工夫来细数你的罪！你的罪状现摆着一条：你适合我的口味！”

话音刚落，狼就把小羊拖进了树林。

名师点拨

无论小羊怎么解释，狼都能强词夺理、颠倒是非，最终把小羊吃掉。在强者面前有罪的总是弱者，历史上这样的例子数不胜数。古人云“欲加之罪，何患无辞”，说的就是这个意思啊。

好词佳句

☆ 飞来横祸　冠冕堂皇　浑浊不堪

☆ 一句话，你们所有羊类，还有你们的猎狗和牧人，一个个巴不得我倒霉遭殃，总在找机会不把我揍死也要打伤，这种种罪责，我得跟你算账！

趣味思考

小羊最终为什么被狼拖进了树林？

阅读延伸

同龄感悟

读《克雷洛夫寓言》有感

今天，我有幸读了俄国作家克雷洛夫写的《克雷洛夫寓言》一书。

这本书精选了克雷洛夫创作的多篇寓言故事。他的寓言故事有一个鲜明的特点，就是有很多生动的动物形象。这些动物都能开口说话，它们性格各异：有的狡猾、有的凶狠、有的可爱、有的冒失，还有的很勤劳。在读这本书的时候，这些有趣的动物在我的脑海里活灵活现，让故事变得更加有趣了！

同时，这些故事寓意深刻，具有一种特殊的魅力，让我从中学到了很多生活的道理：

如《承包商与鞋匠》的故事告诉我们，富有不一定让人快乐，贫穷也不一定就让人不快乐。快乐比财富更重要。

《四重奏》的故事告诉我们，凡事要注重事物的本质而不是形式，不该一味在不重要的地方浪费精力，这样只会适得其反。

《命运女神和乞丐》的故事告诉我们，人不管什么时候都不能贪心，要懂得适可而止，知足常乐。

《狐狸和葡萄》的故事告诉我们，不要因为自己得不到某样东西或办不成某件事就胡乱抱怨，应该先从自身找问题。

《克雷洛夫寓言》中还有许多这样的故事，都体现了丰富的哲理，让人百看不厌。希望每个人都能读读这本书，它会令你受益终身！

拓展试题

1. 在《乌鸦和狐狸》中，乌鸦被狐狸骗走了（　　）。

A. 乳酪　　B. 葡萄　　C. 樱桃

2. 在《山雀》中，山雀扬言要烧干（　　）。

A. 河水　　B. 江水　　C. 海水

3. 在《狮子和豹子》中，狮子最终选择（　　）作为它的谈判代表。

A. 驴子　　B. 狐狸　　C. 猫

4. 在《驴子和夜莺》中，比起夜莺的歌声，驴子觉得（　　）的叫声更好听。

A. 公鸡　　B. 母鸡　　C. 麻雀

5. 在《狮子和狐狸》中，狐狸（　　）遇见狮子的时候，不再害怕狮子了。

A. 第一次　　B. 第二次　　C. 第三次

6. 在《承包商与鞋匠》中，鞋匠为什么把承包商送他的一袋卢布还给了承包商？

7. 在《狐狸和葡萄》中，狐狸为什么说葡萄酸？

答　案

1.A

2.C

3.B

4.A

5.C

6. 因为鞋匠得到钱后总是担心钱被偷走，从此睡不好觉，变得不再快乐。

7. 因为狐狸吃不到葡萄就编造理由自我安慰，借此安抚内心的不甘和无奈。

图书在版编目（CIP）数据

克雷洛夫寓言 / (俄罗斯) 克雷洛夫著 ; 何源编译
. -- 武汉 : 湖北教育出版社, 2023. 8
(中小学生大阅读 : 名师视频讲解版)
ISBN 978-7-5564-4701-5

Ⅰ. ①克… Ⅱ. ①克… ②何… Ⅲ. ①寓言—作品集
—俄罗斯—近代 Ⅳ. ①I512.74

中国国家版本馆CIP数据核字(2023)第062785号

克雷洛夫寓言

出品人	方　平	视频讲解	付　蓉
责任编辑	胡　源	责任校对	李庆华
封面绘图	兰诗怡	责任印制	李　枫
装帧设计	ZHIYG 张岑玥		

出版发行	长江出版传媒	430070　武汉市雄楚大道 268 号
	湖北教育出版社	430070　武汉市雄楚大道 268 号
经　销	新　华　书　店	
网　址	http://www.hbedup.com	
印　刷	武汉中远印务有限公司	
地　址	武汉市黄陂区横店街货场路粮库院内	
开　本	710mm×1000mm　1/16	
印　张	8	
字　数	140 千字	
版　次	2023 年 8 月第 1 版	
印　次	2023 年 8 月第 1 次印刷	
书　号	ISBN 978-7-5564-4701-5	
定　价	26.00 元	